S0-CAA-039

The Snail Lady
우렁이 아가씨

The Magic Vase
요술항아리

 HOLLYM

The Snail Lady

A long time ago in a small village, there was a young man who lived all alone.

One day when he was hoeing his garden, he muttered to himself, "Every day I hoe the fields or harvest the crops. But who do I have to share my meals with ? No one. I eat all alone."

"Share your meals with me," came a lady's voice from out of the blue.

The man was very surprised. He looked all around him, but he could see no one. So he went back to hoeing his garden.

우렁이 아가씨

옛날, 어느 마을에 혼자 사는 젊은이가 있었습니다.

어느 날, 그 젊은이는 밭을 갈면서 혼자 중얼거렸습니다.

"이 밭을 갈아서 곡식을 거두면, 누구랑 먹고 사나 ?"

"나랑 먹고 살지요."

난데없이 여자의 목소리가 들려왔습니다.

젊은이는 깜짝 놀라 두리번거렸습니다. 그러나 밭에는 아무도 없었습니다.

젊은이는 다시 밭을 갈기 시작했습니다.

"Every day, I hoe the fields...Who do I have to share my meals with...all alone," the young man muttered once more.

But then he heard the lady's voice again. "Share your meals with me."

The man cocked his head to one side. "I must be hearing things!" he thought to himself.

But the voice came again from somewhere close by. The man looked at the hedge that separated the fields. He saw a small snail.

"이 밭을 갈아서 곡식을 거두면 누구랑 먹고 사나?"

젊은이는 자기도 모르게 또 혼잣말을 했습니다.

그러자 또다시 예쁜 여자의 목소리가 들려왔습니다.

"나랑 먹고 살지요."

"허 참, 내가 잘못 들었나?"

젊은이는 고개를 갸웃거리며 밭두렁을 살펴보았습니다.

목소리는 가까이에서 들렸습니다.

그 때 젊은이는 발 밑에서 조그만 우렁이 한 마리를 발견했습니다.

Unable to locate the lady, the man absentmindedly picked up the snail and put it in a big clay jar in his house.

The next day when the man woke up, he found a delicious breakfast waiting for him. "Who could have made such a wonderful meal?" he exclaimed, his eyes wide with amazement.

That evening another meal lay set out for the young man. "This tastes good! Tomorrow I'll have to hide so I can watch to see who is secretly making me these nice meals," he thought to himself.

So the next day, he pretended to go out to work in the garden. But as soon as he left the yard, he secretly came back and hid near the kitchen.

젊은이는 우렁이를 가져다가 집에 있는 물항아리에 넣어 두었습니다.

이튿날 아침, 젊은이가 일어나보니, 맛있는 아침밥이 지어져 있었습니다.

"아니, 누가 밥을 지어 놓았을까?" 젊은이는 눈이 휘둥그래졌습니다.

저녁 때에도 맛있는 저녁상이 젊은이를 기쁘게 해 주었습니다.

"정말 맛 있구나! 내일은 누가 상을 차려 놓는 것인지 꼭 지켜봐야겠다." 다음 날 젊은이는 일하러 나가는 척 하다가 도로 들어왔습니다.

When the man peaked into the kitchen, he saw something that made him very surprised indeed.

A beautiful woman stepped out of the clay jar into which he had put the snail. She cleaned the house, washed the clothes, and even sewed up some of the man's old clothing.

When evening came, the young woman made dinner. Then she turned into a snail and slowly crawled back into the big clay jar.

As the man stared in amazement, he thought to himself, "How I wish that beautiful lady were my wife!"

The next day, the man sat down on the floor next to the jar and waited for the snail lady to come out.

부엌을 살짝 들여다보던 젊은이는 소스라치게 놀랐습니다.

우렁이를 넣어 둔 물항아리에서 예쁜 아가씨가 나왔기 때문입니다.

아가씨는 재빨리 청소를 하고 빨래와 바느질까지 했습니다.

저녁 때가 되자 아가씨는 밥을 지어 놓고, 다시 우렁이가 되어 물항아리 속으로 슬금슬금 기어 들어갔습니다.

"저 예쁜 아가씨가 나의 아내가 되었으면 얼마나 좋을까?"

넋을 잃고 바라보던 젊은이는 이런 생각을 하게 되었습니다.

다음 날 젊은이는 물항아리 앞에 쭈그리고 앉아서 아가씨가 나오기를 기다렸습니다.

Before long, the snail lady came out of the jar.

The man grabbed her hand tightly and said, "Would you please be my wife?"

The lady blushed and nodded her head yes.

So the young man and the snail lady lived happily together as husband and wife for many years.

Then one day, the king went hunting near the village where the young man lived. When the king rode his horse past the man's house, he saw the beautiful snail lady standing outside.

"What a beautiful lady!" he exclaimed. "And to think that she's married to some farmer! I should make her my wife."

이윽고 물항아리에서 우렁이 아가씨가 나왔습니다.

젊은이는 아가씨를 꼭 붙잡고 말했습니다.

"제발 나의 아내가 되어 주시오."

우렁이 아가씨는 얼굴을 붉히며 고개를 끄덕였습니다.

젊은이와 우렁이 아가씨는 행복하게 살았습니다.

그러던 어느 날, 젊은이가 사는 마을로 임금님이 사냥을 왔습니다.

말을 타고 지나가던 임금님은 젊은이와 우렁이 아가씨를 보았습니다.

"아니, 저렇게 예쁜 색시가 농부의 아내라니! 내가 데려다가 아내로 삼아야지."

So the mean king called to the young man, "I will have a contest with you tomorrow. We shall see who can cut down a tree the fastest. If you win, I'll give you half of my kingdom. But if you lose, you must give me your wife." When the young man heard this, his face turned white.

The snail lady fastened a note to her wedding ring and gave it to her husband. The note said, "If you throw this ring into the ocean, my father, the Dragon King, will help you."

So the young man tossed the ring into the ocean.

임금님은 나쁜 마음을 먹고 젊은이를 불렀습니다.

"나와 저 산의 나무를 누가 빨리 베는지 내기를 하자. 네가 이기면 이 나라의 반을 주겠다. 그러나 네가 지면 너의 아내를 데려가겠다."

젊은이는 걱정이 되어 얼굴이 하얗게 질렸습니다.

그것을 본 우렁이 아가씨는 끼고 있던 가락지에 편지 한 장을 매어 젊은이에게 주었습니다.

"이 가락지를 바다 속에 던지세요. 그러면 저의 아버님이 도와주실 거예요."

젊은이는 바닷가로 가서 가락지를 던졌습니다.

15

As soon as the ring hit the water, the sea split apart.

A road appeared, leading down into the sea. At the end of the road, stood the Dragon King's majestic castle. The young man went inside.

It was not long before the young man's father-in-law, the Dragon King, appeared. Without saying a word, he gave the young man a gourd. Then the young man, took the gourd home and waited.

The day of the big contest arrived. The king chose two trees to be chopped down, a small one for himself and a large one for the young man. Then the king, with an evil smirk, ordered two hundred of his finest soldiers to start cutting down the tree.

The dispirited young man did not know what to do. But, holding his breath and praying, he cracked the gourd open.

그러자 바닷물이 쫙 갈라지면서 넓은 길이 나왔습니다.

그 길의 끝에는 으리으리한 용궁이 있었습니다.

젊은이는 용궁으로 들어갔습니다.

용왕님은 젊은이에게 조롱박 한 개를 주었습니다. 젊은이는 조롱박을 가지고 집으로 돌아왔습니다.

이윽고 젊은이와 임금님이 내기를 하는 날이 되었습니다.

임금님은 수백 명의 군사들을 시켜서 나무를 베기 시작했습니다.

잔뜩 풀이 죽은 젊은이는 가만히 조롱박을 갈라 보았습니다.

As soon as it came apart, countless little men with axes spilled out.

Each little man took his little ax and started chopping the tree with swift little chops. In no time at all, the little men had chopped the tree down. The two hundred soldiers had gotten into each other's way so much that they had hardly gotten half way through their tree.

그러자 조롱박 속에서 작은 사람들이 끝도 없이 줄줄 쏟아져 나왔습니다.
작은 사람들은 손에 손에 작은 도끼를 들고 뚝딱뚝딱 단숨에 나무를 베어 넘겼습니다. 젊은이는 보기 좋게 임금님을 이겼습니다.

But the king didn't keep his promise. Instead of giving the victorious young man half of his kingdom, he told him, "We must have another contest tomorrow. This time we'll race our horses. The first one across the river wins."

So the young man went back to the Dragon King's palace. The silent Dragon King gave him a skinny, tired-looking colt.

The king, with his tall, strong horse, and the young man, with his weak, tired-looking colt, raced across the river. But the young man's horse ran as fast as lightning and won easily. The king got so angry trying to catch up that he fell off his horse into the water.

But the king still did not keep his promise. Instead, he told the young man, "We'll have one more contest. This time we'll race boats."

내기에 진 임금님은 약속을 지키지 않고 다시 젊은이를 불렀습니다.

"나와 한 번 더 내기를 하자. 말을 타고 강을 건너는 내기다."

이번에도 젊은이는 용궁으로 가서, 바싹 마르고 지저분한 망아지 한 마리를 얻어왔습니다.

임금님의 힘센 말과 젊은이의 바싹 마른 망아지의 달리기가 시작되었습니다.

젊은이의 망아지는 바람같이 달려서 임금님의 말을 이겼습니다.

화가 나서 펄펄 뛰던 임금님은 말 잔등에서 털썩 떨어져 버렸습니다.

임금님은 젊은이에게 마지막으로 배를 타는 내기를 하자고 했습니다.

The young man got a small rowboat from the Dragon King and sailed onto the ocean. The king sailed out in his shiny, sparkling ship.

Like a dolphin, the young man's little boat shot ahead of the king's big, bulky ship. The king turned beet red and stomped his feet, while he tried to think of some other plan to win the beautiful snail lady. Then suddenly, a big wave came up and swallowed the king's ship.

So the young man took the entire kingdom for himself. He took the food and riches that the mean king had hoarded and gave them to the poor people. And he and the snail lady lived happily ever after.

젊은이는 용왕님한테서 조그만 배 한 척을 얻어가지고 바다로 나왔습니다.

임금님은 번쩍번쩍 빛나는 커다란 배를 타고 나왔습니다.

젊은이의 작은 배는 쏜살같이 달려서 임금님의 큰 배를 앞질렀습니다. 임금님은 분해서 발을 꽝꽝 굴렀습니다.

그러자 커다란 파도가 치솟아 임금님의 배를 삼켜 버렸습니다.

젊은이는 왕국 전체를 다스리게 되었습니다.

젊은이는 나쁜 임금님이 모아 두었던 보물과 곡식을 가난한 사람들에게 골고루 나누어 주었습니다.

그리고 우렁이 아가씨와 함께 오래오래 행복하게 살았습니다.

The Magic Vase

Once upon a time, a goodhearted fisherman and his greedy wife lived at the edge of the sea.

One very cold winter day, there was a terrible snowstorm. The fisherman looked at the high waves on the sea and said aloud to himself, "I guess I won't be able to go fishing today."

But at that moment his wife came out of the kitchen and began to nag him in her loudest and meanest voice. "What do you plan on doing? Do you just want to dawdle around here all day?"

So the fisherman set out in his boat on the cold, rough sea.

요술 항아리

옛날, 어느 바닷가에 마음씨 착한 어부와 욕심많은 아내가 살고 있었습니다.

눈보라가 휘몰아치는 어느 추운 겨울날이었습니다.

어부는 거친 바다를 바라보며 혼잣말을 했습니다.

"오늘은 고기를 잡으러 못 나가겠구나!"

그 때 부엌에서 아내가 나오더니 다짜고짜 소리를 질렀습니다.

"여보! 고기 잡으러 안 가고 뭘 꾸물대는 거예요?"

어부는 할 수 없이 바다로 나갔습니다.

Swoosh！ A wave came up and almost swallowed the fisherman's little boat.

The fisherman worked and worked. After a great deal of trouble, he finally managed to cast his net. But he didn't get a single fish. The little boat was rocked and tossed by the big waves. It looked like it would tip over and sink at any moment. The fisherman cast his net again.

When he brought the net in, it still didn't have any fish in it. All it held was an old vase.

"파르르릉 쏴아……."

바다는 어부의 배를 삼킬듯이 사납게 출렁거렸습니다.

어부는 가까스로 바다 속에 그물을 던졌습니다.

그러나 고기는 한 마리도 잡히지 않았습니다.

작은 배는 무서운 파도 속에 금방 뒤집힐 듯이 기우뚱거렸습니다.

어부는 다시 그물을 던졌습니다.

그런데 뜻밖에도 헌 항아리 하나가 걸려 들었습니다.

The fisherman put the vase down and started arguing with his wife. Bang! went the vase and thick clouds of smoke came out of it. The man and his wife were so surprised that they didn't know what to do.

"Oh, no! What is this smoke?" the wife cried out as she backed into a corner of the room.

As the smoke began to clear, the angry woman screamed at her husband, "Now what? It looks like a man!"

Sure enough, a strange, young man was standing in the middle of the room.

어부와 아내는 항아리를 가지고 계속 실랑이를 했습니다.

그 때 항아리에서 '펑' 하고 소리가 나더니, 하얀 연기가 뭉게뭉게 피어올랐습니다.

두 사람은 깜짝 놀랐습니다.

"이크! 이게 무슨 연기지?"

어부와 아내는 연기를 피해서 방 구석으로 물러섰습니다.

연기가 조금 걷혔습니다.

어부와 아내는 또 한번 놀랐습니다.

방 안에 처음 보는 사내아이가 서 있었기 때문입니다.

"Who are you ? "

"아니! 웬 사람이……."

The young man gave them a big smile. "From now on, I will be your servant," he told the awestruck couple. "I will give you three wishes. When you have a wish, just rub the vase three times."

As soon as he said this, the strange young man and the smoke vanished back into the vase.

"Let's ask him to give us a whole lot of rice," she suggested. So the fisherman rubbed the vase three times. As soon as he said his wish, many bags of rice, stacked as high as a mountain, appeared on the front porch.

The fisherman and his wife stared wide eyed and open mouthed at the bags of rice.

사내아이는 웃으며 말했습니다.
"저는 이제부터 두 분의 심부름꾼이 되어 드리겠습니다. 소원이 있으면 항아리를 세 번 문지르세요. 그러면 세 가지 소원을 이루어 드리겠습니다." 말을 마친 사내아이는 '펑' 하는 연기와 함께 항아리 속으로 사라져 버렸습니다.

"여보, 어서 쌀이나 듬뿍 달라고 합시다."
어부는 항아리를 쓱쓱 세 번 문지르고 나서 소원을 말했습니다.
그러자 어부의 집 마당에 쌀가마니가 산더미처럼 쌓였습니다.
어부와 아내는 놀라서 입이 딱 벌어졌습니다.

The fisherman's wife danced with joy. Then she went to the vase and rubbed it hard three times. The man in the vase reappeared.

The wife laughed happily as she greeted him. Then she said, "Make us the richest people in the whole village."

The man told her to look inside the bedroom. Then he disappeared once more into the vase.

The woman dashed into the bedroom. Gold, silver, and jewelry of every sort glittered and sparkled inside. She was almost blinded by the glare. She clapped her hands in glee.

좋아서 덩실덩실 춤을 추던 아내는 또다시 항아리를 문질렀습니다.

항아리 속에서 다시 사내아이가 나왔습니다.

그러자 아내는 반갑게 웃으며 말했습니다.

"우리를 이 마을에서 첫째 가는 부자로 만들어 주세요."

사내아이는 방으로 들어가 보라고 말하고 나서 항아리 속으로 사라졌습니다.

아내는 부리나케 방으로 들어갔습니다.

방 안에는 금은 보화가 가득 쌓여 번쩍거리고 있었습니다.

아내는 손뼉을 치며 좋아했습니다.

"What a marvelous vase!" she said. She looked at all the jewels and felt even greedier than before. She told her husband, "Go back out to sea and get me another vase just like this one."

The fisherman was more than surprised to hear her say that. "Another magical vase! As rich as we've become, you still want more?"

But the wife told him, "We only have one wish left. And there are still so many things that I want to have.... If you can't get me another magic vase today, don't even think of coming home."

And so she sent the fisherman out to the dangerous sea again.

"정말 신기한 항아리로구나!"

아내는 보물을 보자 더욱 욕심이 커졌습니다.

"여보 바다에 가서 이런 요술 항아리를 한 개만 더 건져오세요."

아내가 이렇게 말하자, 어부는 깜짝 놀라 되물었습니다.

"항아리라니? 이렇게 부자가 되고도 또 욕심을 부리는 거요?"

"이제 항아리는 한 번 밖에 더 못 쓰잖아요. 아직도 가질 것이 얼마나 많은데……. 오늘 항아리를 못 건지거든 아예 돌아올 생각도 마세요."

아내는 어부를 다시 바다로 내보냈습니다.

The fisherman's wife sat in front of the mirror, trying on each piece of her new jewelry. Suddenly, she threw the mirror down and said, "Why am I so ugly?" But then she slapped her knee and said, "Why didn't I think of that before?" She grabbed the vase and rubbed it as hard as she could until the young man came out. She ordered him, "Make me beautiful." The man nodded his head and smiled. Then he disappeared back into the vase.

When the fisherman's wife looked into the mirror and saw how beautiful she had become, she could not help smiling broadly.

"My, my, I'm as beautiful as a fairy!"

혼자 남은 아내는 거울을 들여다보며, 보석들을 주렁주렁 달아 보았습니다.

"아유 속상해. 난, 왜 이렇게 못 생겼지?"

아내는 거울을 휙 집어던졌습니다.

"참! 내가 왜 그 생각을 못 했을까?"

아내는 무릎을 탁 치더니, 항아리를 가져다가 쓱쓱 문질렀습니다.

그러자 사내아이가 나왔습니다.

"날 아주 예쁘게 만들어 주세요."

사내아이는 말 없이 고개를 끄덕이며 항아리 속으로 사라져 버렸습니다.

아내는 다시 거울을 들여다 보고서 소리를 치며 좋아했습니다.

"어머, 내가 선녀처럼 예뻐졌네!"

For a long time she sat and smiled at her face in the mirror. Then she suddenly frowned. "Now that I'm beautiful, how can I live with that ugly fisherman? As soon as he brings me another vase, I'll kick him out of the house." Then she looked back into the mirror. But she was not happy with what she saw. "Oh, no!" she shrieked, "What's happened to my face?"

The face she saw in the mirror had become the same ugly face that she used to have. She was so taken aback that she just sat and gazed at the mirror in disbelief.

A strong wind suddenly started blowing, and all the bags of rice and all of the gold and jewels were swept away forever.

아내는 거울을 들여다보면서 생글생글 웃었습니다.

그러다가 갑자기 얼굴을 찌푸렸습니다.

"이렇게 예쁜 내가 못생긴 남편과 어떻게 같이 산담? 항아리를 한 개 더 건져오면 내쫓아 버려야지."

아내는 슬며시 웃으며 다시 거울을 들여다보았습니다.

"아니! 내 얼굴이……."

거울에 비친 아내의 얼굴은 옛날의 못생긴 얼굴로 되돌아가 있었습니다.

아내는 너무 놀라서 멍하니 앉아 있었습니다.

그런데 갑자기 비바람이 휘몰아 치더니, 어부의 집에 있던 쌀과 보물을 모두 휩쓸어 갔습니다.

The fisherman sighed as he sat at the edge of the sea. But then an enormous turtle came crawling out of the water. It kept motioning with its fins for the fisherman to get on its back.

The turtle took the fisherman to the Dragon King's castle in the middle of the sea. The Dragon King told the fisherman what his wife had done. He told him that all the wishes had been cancelled to punish her. Then he let the fisherman live in the castle.

The fisherman got a nice new wife and they lived happily ever after in the Dragon King's castle under the sea.

어부는 한숨을 쉬며 바닷가에 앉아 있었습니다.

그 때 바다에서 커다란 거북이 한 마리가 엉금엉금 기어나왔습니다.

거북이는 어부 앞에 오더니 자꾸 자기 등에 타라는 시늉을 했습니다.

거북이는 어부를 등에 태우고 헤엄을 쳐서 바다 속 용궁으로 들어갔습니다.

용왕은 어부에게 그의 아내가 저지른 일을 이야기해 주었습니다. 그 벌로 이루어졌던 모든 소원이 취소되었다는 것도 말해 주었습니다.

용왕님은 어부를 용궁에서 살도록 해 주었습니다.

어부는 용궁에서 마음씨 착한 아내를 얻어 오래오래 행복하게 살았습니다.